Una muñeca para el Día de Reyes

por ESMERALDA SANTIAGO

Ilustrado por ENRIQUE O. SÁNCHEZ

Traducido por NINA TORRES-VIDAL

SCHOLASTIC INC.

NEW YORK • TORONTO • LONDON • AUCKLAND • SYDNEY
MEXICO CITY • NEW DELHI • HONG KONG • BUENOS AIRES

This book is being published simultaneously in English as *A Doll for Navidades* by Scholastic Press.

Translated by Nina Torres-Vidal • ISBN 0-439-75510-7 • Copyright © 1996 by Esmeralda Santiago

Illustrations copyright © 2005 by Enrique O. Sánchez   Translation copyright © 2005 by Scholastic Inc.   All rights reserved.

Published by Scholastic en español, an imprint of Scholastic Inc., *Publishers since 1920.*

SCHOLASTIC, SCHOLASTIC EN ESPAÑOL, and associated logos are trademarks and/or registered trademarks of Scholastic Inc.

This story is an adaptation of Esmeralda Santiago's essay "A Baby Doll Like My Cousin Jenny's,"

which originally appeared in the December 1996 issue of *Sí* magazine.

12 11 10 9 8 7 6 5 4 3 2   5 6 7 8 9 10/0

PRINTED IN SINGAPORE   46

FIRST SPANISH PRINTING, OCTOBER 2005

Text set in Edwardian Medium. The display type was set in Bellevue. The illustrations were rendered in acrylic on canvas.

Book design by Marijka Kostiw and Alison Klapthor

A Delsa y Papi — E. S.

A mis primos Tutin, Hugo, Salvador, Máximo

y Freddy Beras-Goico — E. O. S.

Yo tenía siete años y nunca había tenido una muñeca. Quería una muñeca como la de mi prima Jenny, de piel clarita y ojos azules que se cerraban cuando ella la acostaba.

La muñeca de Jenny era del tamaño de un bebé pequeño; con las piernas y los brazos gorditos levemente arqueados; las manitas con los dedos abiertos enseñaban unas palmas llenas de lomitas y arrugas.

Se acercaban las Navidades. Nuestros vecinos colgaron copos de nieve tejidos de los aleros de los techos de zinc y colocaron flores de pascua de color rojo encendido en sus balcones. Mis hermanas, mi hermano y yo ayudamos a Papi a amarrar cintas de papel crepé alrededor de las matas de amapolas y gardenias. También ayudamos a Mami a recoger hojas de orégano y bellotas de achiote, secas y crujientes, llenas de semillitas rojas.

En la escuela cantábamos canciones de Navidad, del nacimiento del Niñito Jesús, y también de los tres Reyes Magos que, montados en sus camellos, venían siguiendo la brillante estrella de Belén. La víspera de Reyes, les pondríamos agua y yerba para los camellos y, por la mañana, al despertar, encontraríamos los regalos que los Reyes Magos de Oriente, Melchor, Gaspar y Baltasar, traerían a nuestra casa después de haber viajado miles de millas.

Los olores de la Navidad se escapaban de la cocina de Mami: jengibre, canela, coco, orégano, romero y ajo.

Bandas ondulantes de humo gris llegaban desde otros patios donde se asaban lechones; el cuerito chisporroteaba al ritmo de los cuatros, del "chi-qui-chá" de los güiros y de la melodía de los aguinaldos que hablaban de la Nochebuena y de los Reyes Magos.

Por las noches, las parrandas sorprendían con canciones a los vecinos que dormían. Las parrandas iban de casa en casa tocando música y cantando aguinaldos a cambio de un pedazo de lechón asado, un pastel envuelto en hoja de guineo o lascas de pasta de guayaba sobre gruesos trozos de queso blanco.

En Nochebuena, íbamos a la misa de gallo. Caminábamos hasta la iglesia llevando velas encendidas porque la misa empezaba a medianoche y estaba todo tan oscuro que lo único que veíamos eran los ojos de los animalitos nocturnos escondidos entre los arbustos, más allá de los círculos temblorosos formados por la luz de las velas.

Aunque nos esforzábamos mucho por no hacerlo, a veces nos dormíamos durante la misa de gallo porque duraba mucho tiempo. De regreso a casa, Mami y Papi tenían que cargarnos mientras los gallos empezaban a cantarle al sol que anunciaba la llegada de la mañana de Navidad.

Cuando nos despertábamos el día de Navidad, Mami y Papi nos regalaban bolsitas de tela llenas de nueces, avellanas y almendras con cáscara. Papi nos enseñó a romper la cáscara con una piedra para sacar de adentro la sabrosa semilla.

Mami preparaba el arroz con dulce con mucho coco y palitos de canela que nosotros chupábamos largo rato.

Una semana después de Nochebuena, celebrábamos la llegada del Año Nuevo con maracas y siquitraques y más bailes y canciones.

Éramos felices porque se acercaba el Día de los Reyes Magos.

Les escribí una carta a los Reyes Magos en una hoja del papel especial de Papi. Papi también me prestó su pluma, así que no me podía equivocar porque la tinta no se podía borrar.

Queridos Reyes Magos:

Me he portado bien este año; pueden preguntarles a Mami y a Papi si no me creen.

Quiero una muñeca como la de mi prima Jenny, con ojos azules que se cierran.

Espero que les guste el agua que les dejé y la yerba para los camellos.

Que tengan un buen viaje.

Atentamente,

Esmeralda Santiago

Delsa, que tenía cinco años, me pidió que escribiera su carta.

—Pídeles a los Reyes Magos —me dijo—, que me traigan una muñeca como la que tiene Jenny.

—¡Pero eso es lo que yo quiero! —exclamé.

—Pues nos pueden traer una a cada una y así pueden ser hermanas.

Yo no quería que tuviera una muñeca como la mía, así que escribí:

Queridos Reyes Magos:
Me he portado bien este año.
Me gustaría una muñeca,
pero no como la que
quiere Esmeralda,
para no confundirnos.
Atentamente,

Delsa Santiago

Escribí su carta a lápiz en un papel de libreta. Cuando Delsa protestó, le expliqué que la carta no podía verse demasiado elegante porque los Reyes sabían que ella no sabía escribir.

La víspera de Reyes, mis hermanas, mi hermano y yo buscamos en el patio yerba fresca para dejársela a los camellos junto a nuestros zapatos. Acomodamos los zapatos debajo de las camas con las puntas hacia fuera para que los Reyes los vieran. Colocamos las latas de agua junto a los zapatos y pusimos nuestras cartas dentro de los zapatos.

Queridos Reyes Magos:
Me he portado bien este año;
pueden preguntarle a Mami
y a Papi si no me creen.
Quier... ...como

Mi hermano y mis demás hermanas refunfuñaron y dijeron que no era justo que nosotras les hubiéramos escrito a los Reyes y ellos no. Pero Mami les aseguró que los Reyes les dejarían regalos aunque no encontraran cartas.

Queridos Reyes Magos:
Me he portado bien este año.
Me gustaría una muñeca,
pero no como la que
quiere Esmeralda,
para no confundir...

Me desperté cuando aún estaba oscuro. Dos sombras se movían por el cuarto cargando paquetes. Cerré los ojos rapidito. "Deben de ser dos de los Reyes —pensé—, y el otro se quedó afuera con los camellos".

Cuando volví a abrir los ojos, ya era de día y Delsa me estaba gritando al oído.

—¡Mira, mira! ¡Me trajeron una muñeca como la de Jenny!

Salté de la cama, busqué debajo y, junto a mis zapatos, encontré una caja plana rectangular. No parecía lo suficientemente grande para contener una muñeca.

Dentro de la caja había un juego de mesa con unos caballitos que daban vueltas alrededor de un hipódromo.

Papi notó mi desilusión y me preguntó: —¿No te gusta?

Mami me miró con cara preocupada.

—Yo quería una muñeca —dije llorando—, ¡como ésa!

Le arrebaté la muñeca de los brazos a Delsa, pero ella la arrancó de mis manos y salió corriendo hacia el balcón.

Mami y Papi se miraron. Entonces Mami se arrodilló junto a mí y me abrazó.

—Ya tú eres grandecita; este juego es para las nenas grandes.

—Pero yo pedí una muñeca —sollocé.

Papi me tomó de la mano y me llevó al patio.

—Lo siento, mi'ja. Parece que cuando los Reyes pasaron por casa ya solamente les quedaba una muñeca. Ellos saben que tú eres una niña grande; que lo vas a entender mejor que Delsa.

—¡Pero eso no está bien! —protesté—. Los Tres Reyes son magos. ¿Por qué no pueden hacer suficientes muñecas para todo el mundo?

Papi me miró, su cara tan triste como me sentía yo. Se veía tan afligido que yo sabía que él también estaba desilusionado.

—A lo mejor el año que viene —dijo—. Eso espero.

—Sí, a lo mejor el año que viene.

Lo abracé y besé su mejilla recién afeitada.

Me acerqué a Delsa. Ella apretó la muñeca contra su pecho.

—¿Puedo verla? —le dije.

Me la prestó, pero mantuvo agarrado el brazo de la muñeca.

Me encantaba su olor a goma dulce.

—¿Ya le pusiste nombre? —le pregunté.

—Rosita —me dijo—. Tú puedes ser la madrina si quieres.

—¡Ay, sí, gracias!

—Ahora, dámela —dijo Delsa.

Yo tenía siete años y nunca había tenido una muñeca, pero ser

la madrina de Rosita era casi tan bueno como tenerla.

Un colibrí revoloteó alrededor de una amapola. Flotó sobre sus pétalos rojos con alas invisibles. Lo vi volar de flor en flor, posarse brevemente sobre cada una para luego seguir su vuelo hacia la próxima.

El colibrí era como los Reyes Magos que van de casa en casa dejándoles regalos a los niños y a las niñas. Era como Mami y Papi cuando nos dan el beso de buenas noches a mí, a mis hermanas y a mi hermano y nos dicen: "Te quiero mucho".

El colibrí voló lejos hasta que era sólo un puntito contra el cielo turquesa, pero yo sabía que volvería, igual que los Reyes Magos.

Nota de la autora:

Soy la mayor de una familia de once hermanos y pasé casi toda mi infancia en Puerto Rico. *Una muñeca para el Día de Reyes* se basa en lo que me sucedió el Día de los Tres Reyes Magos cuando tenía siete años, pero he cambiado algunos detalles para este libro. Mi hermana Delsa aún recuerda la anécdota y dice que yo fui una buena madrina de Rosita. Éste es mi primer libro para niños, pero he escrito varios libros sobre mi vida para adultos, entre ellos, *When I Was Puerto Rican*, *Almost a Woman* y *The Turkish Lover*. Vivo en Westchester County, Nueva York, con mi esposo y mis dos hijos.

Nota del ilustrador:

Crecí en la República Dominicana, una isla al oeste de Puerto Rico. Mi familia celebraba las Navidades siguiendo muchas de las tradiciones que Esperanza describe. Era muy emocionante poner los zapatos con yerba y agua al lado de mi cama, pero para que a los Reyes Magos no se les olvidara dejarme un regalo, también dejaba un zapato en la casa vecina, que era la casa de mis abuelos, y otro en la casa de mis tíos que vivían cerca. Soy, sobre todo, un pintor, aunque he ilustrado otros trece libros para niños. Vivo en el nordeste de Vermont con mi esposa, y suelo visitar a mi hijo, que es un artista y vive en Nueva York.